Morre como em um vórtice de sombra

tragédia curitibana em 3 atos

daniel osiecki

coordenação editorial
Sálvio Nienkötter

editor-adjunto
Raul K. Souza

capa e editoração
Maria Luiza de Carvalho Rodrigues

ilustrador
Marcos Barreto

foto do autor
Thais Penteado

produção
Cristiane Nienkötter

Dados Internacionais de Catalogação na Publicação (CIP)
Angélica Ilacqua CRB-8/7057

Osiecki, Daniel
Morre como em um vórtice de sombra | Daniel Osiecki.

Curitiba: Kotter Editorial, 2019.
86 p.

ISBN 978-65-80103-29-4

1. Poesia brasileira I. Título

CDD B869.1

19-0889

Kotter Editorial
Rua das Cerejeiras, 194
82700-510 | Curitiba/PR
+55 41 3585-5161
www.kotter.com.br | contato@kotter.com.br

1ª Edição
2019

Morre como em um vórtice de sombra

tragédia curitibana em 3 atos

daniel osiecki

KOTTER
EDITORIAL

à diana,
meu vórtice metafísico

Segundo volume da ***trilogia amarga***:

Fellis (Penalux, 2018)

morre como em um vórtice de sombra

27 episódios diante do espelho

personagens

poeta suicida

transeuntes no gato preto

mulher no carnaval

virgem

musa (em transição)

estranho

mulher que teve o beijo mais longo

irmão

futue te ipsum
(a cortina se abre)

ato 1.

cena 1 – curitiba pós-apocalíptica.
pós-golpe. um poeta se lamenta.

o último poeta depressivo meteu uma bala na cabeça.

bela massa encefálica que tinge a parede do puteiro
mais vil,

do bairro mais escuro, à vida mais torta.

o poeta torto caminha entre um soneto capenga e um
alexandrino insosso.

grita olhando no espelho.

a vida torta do poeta suicida não vale um martelinho
de conhaque presidente no gato preto.

as linhas tortas do poeta morto escorrem na viela da
província.

na dança no meio do povo sinto o volume aumentar.

ela rebola e mexe o corpo todo virado pra mim.

voyeur, olho e quase morro vendo o contorno da
boceta.

pálpebras fechadas na noite vã, com cachaça e
conhaque busco seu rosto pela madrugada.

o que eu mais queria era tirar esse cabacinho.

romper sua identidade que flutua sem você saber.

arranque meus poros e me devore, anjo incauto.

antes de morrer ainda quero te chupar, lentamente,
mas com voracidade.

antes do último verso acabar e ficar incompleto,

quero versejar entre suas pernas e morrer com sua
secreção em meu rosto.

cena 2 – poeta sem sentimento.

só você sabe que morro ao ver-te andar.

só você sabe que morro a cada dia distante.

só você sabe que morro a cada gozo de cada punheta.

só você sabe sobre dedicatórias escusas, de beijos no escuro, de palavras não ditas.

só você ouve as músicas sem sentido e chora de alegria.

só você abre as pernas por dinheiro enquanto sorri vendo minhas fotos.

só você chora em meu velório.

só você me liga às duas da manhã avisando que está só.

só eu saio tateando no escuro procurando teu ventre.

só eu. só você.

não escrevo com tinta, mas com álcool.
bebo de teus dedos melados com tua essência este sangue grosso que escorre por tuas pernas e mancha o chão.
passo a língua por todas tuas pústulas e afago o cabelo escuro como a noite de inverno no verão.
não escrevo com tinta,
mas com sangue.
se não sangrar, não vale o poema.

o poema só vale se faz sangrar
se faz sofrer
é como o amor
bate
cospe
grita
sangra
no fim tudo é igual
cinza
e com tubos
conectados à máquina
que te
            deixa
                        vivo.

o poeta suicida se apaixona por uma ideia.
nem ele sabe, mas se apaixona por uma ideia torta
que manda
à merda
seus versos
de operário padrão.
a ideia só
se materializa sob pressão.
sob temor
e o medo não acaba
até transbordar.

digressão
(plano da memória)

quatro tiros em marielle.
o presidente,
fã do menghelle,
nem decretou luto oficial.
luto, oficial.
de golpe em golpe
o vampiro
infla
a capa.

digressão
(plano do delírio)

linhas tortas e algumas blue notes

pega a bagana que cai
na mesa.
o miles davis não espera
você consertar o cigarro quebrado.
sente-se enfeitiçado
como aquele velho blues
que ouvia há muito tempo.
tenta uma simbiose
entre o remendo torto
e a fumaça opaca,
quase inexistente. voa pela janela.
o toque escuso também se esvai,
quase se apaga.
quase me apaga.
o inverno chegou
ao redor deste quarto.
cospe fogo por todo
sorvedouro.
limpa estas chagas de mim mesmo.
o poeta transborda, sempre,

de amor.
corre à noite
com o corpo
vazio
e agoniza
quando desperta.
dorme porque precisa
ama porque precisa
entre versos, rancores
grita em seu abandono
o poeta se desfaz

cena 3 – os alfarrábios da memória

o beijo mais
longo
que
você
deu
puxa o gatilho
aponta para a ampulheta
vazia e soca meu rosto.
aquele copo de veneno
que eu bebo é
servido
pelo
seu
passado.

o beijo mais longo que
você deu não é meu,
nem seu
ósculos recônditos pelos
desvãos da memória
curam minha noite de ressaca.
não abro os olhos pela manhã.
esses olhos que são pústulas diante da
claridade que acaba com
o beijo
            mais
                        longo
            que
        você
deu.

fim do ato 1

olvido da memória

ato 2.

cena 1 – o poeta tira a trava do revólver.
38 o calibre. apartamento. depressão.

mas não tem coragem.
é só um blefe.
quando sua bic azul, com a pontinha roída seca,
[também é só um blefe.
tenta manter a imagem de poeta blasé
incompreendido da província.
pós-moderno.
pré-mortem.
iminência do fim
da última palavra
do último verso
do último leitor.
o último leitor
também é o primeiro.
ninguém de sua família
imagina seu velório,
com o féretro repleto de falsas carpideiras
que lutam para segurar
as alças de seu caixão.

{ só queria pedir um cigarro ao estranho e um

gole de cerveja. versos tão secos quanto o tempo.

{ pausa pra procurar o cigarro na bolsa

quando me fiz
não tinha um único
verso decente sequer.
quando me fiz
simultaneamente
me desfiz.
a poesia me matou.
a poesia cobrou sua dívida
com sangue e
dor.
ainda cobrará
enquanto houver
moeda
de troca.

pela manhã
acordo com o cheiro
de seu sangue.
esse sangue que escorre
por suas pernas
me alimenta
não bebo tragos
nem água
nem veneno
apenas seu sangue
escorrendo
pelas pernas
olho a mancha
no lençol branco
meu alvo
meu norte
desesperado absorvo cada
gota vermelha
que marca o lençol

noite adentro o
seu sangue
marca o meu rosto
marca em
meu rosto
em meu rosto
resto
resto em meu rosto
rastro
resiste
revive
no rastro
de
suas
vísceras
em
meu
rosto

abaixo o decadentismo
do cotidiano.
vida ou: a poesia!
não há discurso
vazio.
vazio.
não há discurso vazio.
não!
há discurso vazio.

cena 2 – devaneios suicidas

a memória falha
quando o
poeta olha para a arma.
roleta russa
corda
veneno
comprimidos
ponte do rio belém
versos do presidente.
não lembra qual foi
a última vez que manchou
a folha em branco.
meia dúzia de versos ruins.
uma bala para cada um.

será que ela me liga hoje?
vou tentar ficar acordado.
vou esperar a ligação.
talvez um
ou
dois
comprimidos.
quem sabe conhaque presidente
com energético.
ouço aquela voz
antes do telefone tocar.
sofro antes de me contar
que não poderá me encontrar amanhã
e que voltará correndo
para os braços dele.
meu editor vai dizer
que isso se parece com letra de música
de gosto duvidoso.
melhor encerrar
e esperar
o telefone tocar...

Fim do ato 2

ato 3.

cena 1 – depois da ligação. respostas. curitiba no escuro.

o frasco de lexotan
está vazio sobre a mesa.
o poeta dorme no sofá.
tv ligada com chuviscos e fantasmas.
sente o corpo arder
e lamenta o
término daquilo
que nunca começou.

e se sartre pedisse
para simone dar uma chupada em camus?
triângulo filosófico safado
simone se refestela
vai à forra
vai à farra
não espera maio
de 68.

(sartre cuckhold)

vendo a água escorrendo pelo ralo,
o poeta pensa,
vagamente,
em cortar os pulsos.
desiste quando ouve
o telefone tocar.
"deixa que toque, filho da puta, não quero mais saber".
enrolado na toalha
"vou fazer um poema pra você, que tentou me
destruir".

estou farto do teu silêncio
do teu riso de escárnio
da tua falta de lirismo comedido ou não
bandeira que me perdoe
estou farto de tuas fotos que me matam aos poucos
que me atiram ao chão
estou farto de teus beijos no escuro, sempre no escuro
e da voz que não paro de ouvir
estou farto de tuas desculpas que enchem minha
[secretária eletrônica inventando mais uma doença
estou farto de escrever poemas que enfeitam tua
[parede, minha cigana oblíqua
machado que me perdoe
estou farto de estar farto,
pois antes de te conhecer meus versos bastavam
estou farto de amar uma sombra, um vulto sem nome
que entra e sai quando quer
estou farto

dar uma saída em janeiro em curitiba é suicídio!
como pude crer nestes
teus
feitiços?
você me matou
você matou
um
poeta da província
é crime inafiançável
você com este conhecimento autóctone
me levou para a escuridão

cena 2 – no bar. sozinho.

o último gole é teu
é meu
é da noite que arrebata todos os versos
para teu ventre
culmina em carícias obscenas
aquele toque sutil quando flamenco sketches chega ao
fim.

os pássaros na tv. preto e branco.

{as balas do revólver estão sobre a mesa de vidro}

cena 3 – roleta russa à brasileira.

chora pedindo que o leve para casa.
choro prometendo aquilo que
nunca se cumprirá.
sua inércia no hospital é mais uma bala no revólver.
roleta russa à brasileira.

o tempo não
passa entre
essas paredes
brancas
estático
como
suas
pernas

revisitando os cantos mais obscuros da memória,
o poeta descobre que não era seu irmão
enfermo que deveria ser como ele,
mas ele que
deveria
ser
como seu irmão enfermo.

mais uma bala no revólver.

ninguém atende o
telefone do outro
lado da linha.
pensa em ligar
para a musa em
transição
transição
transição
transiç
transi
trans
tran
tra

t

mais uma bala

cospe no rosto da enfermeira
ao perceber a agulha.
atira-se ao fosso aberto no meio
do quarto
que só ele e o poeta enxergam.
voam juntos
                    para
                        dentro
                              deste
                                   abismo.

quinta bala no revólver.

falta uma.

cena - 4. no hospital.

quero perder-me em tua memória densa,
cheia de cores distintas
com assombros
e
temores que
só eu vejo.
quero que encontres
o que sempre
procurou.
que mates aquilo
que te consome.
quero que consumas
aquilo que sempre
esteve diante de ti.
quero que fale alto
e sejas escutado.
quero que voltes
aos
    clamores
das ninfas que

te guiaram.
quero que embales tua criança.
que cantes para ela o que prometeste.

quero, quero, quero...

revólver carregado.

cena 5 – (última). espólio. entrelugar.

irmão,
o que restou?
só quem estava lá sabe o que dizer.
você não existe mais no verso.
te matei no verso.
eu queria ter te mostrado aquela música francesa.
a música existe ainda?
você não está mais aqui.
sou um monstro?
queria saber o que você diria.
queria saber o que você faria nesta noite,
mesmo tendo me tornado um monstro.
mesmo tendo descoberto seu fim.
mesmo tendo feito o mínimo.
sua cama no hospital está vazia
e nem me preocupo mais em rimar.

sou teu atlas e
                    te
                        carrego
como deveria ser,
firme e
sem dor.
fumamos juntos na varanda e ainda lembramos que
nada foi dito como esperávamos.
ainda há uma
vela acesa
pra você.
mas amanhã
        ela
        se
      apaga.
sabe aquele grito
no meio
da música?
é ele que
nos separa.

o filho morre antes do pai.

aquelas lágrimas que escorrem, incessantes, me
[afogam.
os ecos me levam
àquelas noites distantes que ninguém mais lembra.
eu guardo só para mim.
assim como seu rosto.
eu guardo só para
mim.
se apaga
desvanece
recrudesce
flutua

(desce a cortina)

Finis laus deo

KOTTER
EDITORIAL

Impresso em papel pólen 90g/m²
tipologia Bell MT12/15, outono 2019.